TROIS MOIS

A

BREDA-SQUARE

PAR

JULES NOIRIT.

Prix : Un franc.

PARIS

CHEZ LES MARCHANDS DE NOUVEAUTÉS

—

1853

TROIS MOIS

A

BREDA-SQUARE

PAR

JULES NOIRIT.

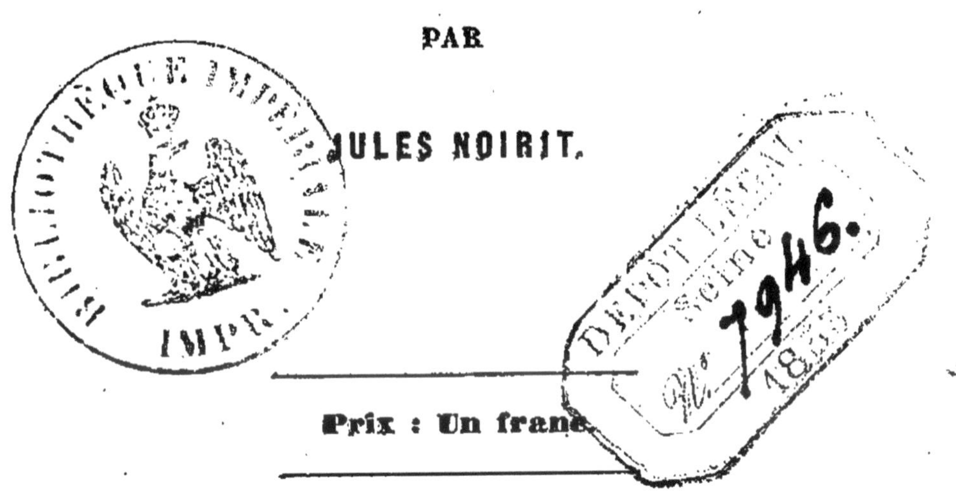

Prix : Un franc

PARIS

CHEZ LES MARCHANDS DE NOUVEAUTÉS

—

1853

2182 *bis.* — Imprimerie GUIRAUDET ET JOUAUST,
338, RUE SAINT-HONORÉ.

AU LECTEUR.

Ami lecteur, es-tu morose?...
— Ne me lis pas. — As-tu l'esprit
Etrange un peu, rêveur sans cause?
Lis-moi bien vite... — Je suppose
Que tu n'es pas malade au lit.

Est-ce un conte.... est-ce une fable
Que je t'offre?... — Je ne sais pas.
Est-ce un drame?... — C'est peu probable.
Une histoire?... — C'est peu croyable.
C'est plutôt... — ce que tu voudras.

Ne crois pas que mon héroïne
Soit la fille de mon cerveau.
Elle est dans le quartier... — Devine...
Son œil est bleu, sa taille fine
Est flexible comme un roseau.

Elle n'est prude ni coquette;
Elle a l'esprit d'un vrai démon.
Quand elle n'est pas inquiète,
Sa causerie est une fête,
Et sa parole une chanson.

De la connaître davantage,
De savoir si j'en fus épris,
As-tu l'envie — ou le courage?...
Jette un coup d'œil sur l'autre page,
Prends ton cœur à deux mains, — et lis.

TROIS MOIS

A

BREDA-SQUARE

A MON AMI E. T.

I.

L'existence a parfois des phases bien bizarres,
Les Christophe Colomb vraiment n'y sont pas rares.
Où va-t-il? vas-tu dire à ce début moral.
Je n'en sais rien, ami; mais cela m'est égal.
C'est encore un problème, hélas! Quant à te dire
D'où je viens..., tu le sais, car tu viens de sourire;
Et tu n'ignores pas que, s'il me fut donné
De découvrir un coin de terre abandonné...
(Abandonné, mon cher, n'est là qu'une licence,
J'ai voulu d'une rime, et non d'une insolence :
L'une sied aux mânants, aux *pioupioux*... mais, d'honneur !
L'autre n'abandonna jamais un froid rimeur.)
Je reprends : Si, — relis la phrase précédente, —
Je n'eus pas le bonheur d'y conserver ma tente

Tu vins à mon appel, fallacieux ami,
Et tu m'as délogé comme un vil ennemi.
La plage, de mes mains, a passé dans la tienne,
Et, nouvel Améric, tu t'es dit : C'est la mienne !
Si je pouvais pleurer, je le ferais... Mais non,
J'aime mieux, retiré dans mon Square-Monthyon,
Asile des vertus qu'un sot monde méprise,
Rêver en mon *révoir* mainte terre promise,
Où tu ne viendras pas, crois-le certainement,
Comme dans un chenil, t'épater lourdement.
Ah ! ce furent des jours de joie et de lumière !
O mes chers souvenirs, quittez votre poussière,
Et de votre beau ciel de pourpre et de rayon
Faites à mon présent un splendide horizon.

PHYLOGYNE.

Comment vous portez-vous, belle propriétaire ?

ANDROPHILE.

Merci, très bien ; et vous, mon *loc*, mon locataire ?
Entrez, asseyez-vous ; je dîne, vous voyez.
Chauffez-vous en lisant Musset.

PHILOGYNE.

J'ai froid aux pieds,

Merci...

ANDROPHILE.

Tenez, lisez cette pièce charmante :
Elle est d'un sentiment adorable. Il y chante
Le bonheur de s'aimer et de s'aimer toujours.
Quel temps fait-il dehors ?

PHILOGYNE.

Il pleut.

ANDROPHILE.

Et vos amours ?

PHILOGYNE.

Il pleut d'une façon atroce, abominable;
Chaque rue est changée en fleuve navigable.
J'étais sans parapluie, heureusement pour moi,
Ce qui fait que je suis a peu près sec.

ANDROPHILE.

De quoi?
Allez-vous par hasard poser en axiome
Qu'on pourrait s'en passer aussi bien que d'un homme ?
Que leur utilité n'est que chimère encor,
Toujours comme la vôtre?....

PHILOGYNE.

Eh ! Madame, d'accord.
Je connais comme vous leur valeur relative,
Et ne risquerai point de phrase laudative
En leur faveur. Tous deux ont leur mérite. On prend
L'un quand il pleut, et l'autre aux jours d'*embêtement*.
N'est-ce pas bien cela que vous vouliez me dire?
Vous ne répondez pas, mais je vous vois sourire,
Et je suis satisfait. Nous sommes près de vous
Des choses, n'est-ce pas, pour amuser vos goûts,
Objets creux où, selon vos caprices de femme,
Vous versez votre esprit ou l'humeur de votre âme,
Et comme ce Memnon qui s'anime au soleil,

Attendant un regard pour avoir un réveil...
Mais vous bâillez, c'est bien : pour moi signe palpable
Qu'on est à mes discours d'un accès favorable.
Je continue.

ANDROPHILE.

Ah ! non... c'est trop bête.

PHILOGYNE.

Merci.

ANDROPHILE.

Ce n'en est pas la peine. — Avez-vous lu ceci ?

PHILOGYNE.

Oui, c'est délicieux.

ANDROPHILE.

Je vais vous faire lire
Autre chose. — Donnez. Une nuit de délire,
Où le froid scepticisme entrant au fond du cœur
A pour toute croyance un sourire moqueur.

Appelant.

Annette !

A Philogyne.

Prenez-vous du café ?

PHILOGYNE.

Non, Madame.

ANDROPHILE.

Vous faites des façons... Je vous plains, sur mon âme

PHILOGYNE.

Point du tout, je vous jure.

ANDROPHILE.

> Annette, mon café.

Qu'avez-vous, et pourquoi ce visage défait?
C'est le froid, dites-vous... — Annette, prenez garde !
Si vous continuez, la chose vous regarde,
Vous sortirez d'ici. Je ne veux pas chez moi
De figure hargneuse ; et si vous avez froid,
Allez faire du feu. Cette femme m'accable.

PHILOGYNE.

Cette pièce de vers est vraiment admirable.
Quel abîme profond que ce cœur ulcéré
Par la déception lentement déchiré !
C'est bien l'humanité dans sa lutte éternelle
Contre le noir démon qui s'acharne après elle !
Jeune, on veut tout connaître, et vieux tout oublier.
Quand avec la science on devient familier,
Quand l'horizon n'a plus son décevant mirage,
Et que Dieu devant nous apparaît sans nuage,
Alors tout est fini. Faust a tout découvert,
Et Méphistophélès retourne à son enfer.
Marguerite a laissé, de sa prunelle humide,
Tomber son innocence et sa pudeur timide.
Oh ! de quel prix alors n'achèterait-on pas
Ces jours où l'ignorance accompagnait vos pas?
Où l'esprit, s'arrêtant aux surfaces des choses,
Admirait les effets sans rechercher les causes,
Et, devant Jehovah prosterné saintement,
S'abîmait dans l'extase et le recueillement!.....

ANDROPHILE.

Que c'est drôle !... — Fumez, voici des cigarettes.
Elles sont bonnes, car c'est moi qui les ai faites :
Ce qui sort de mes mains est bon.

PHILOGYNE.

Dites parfait,
Si la forme des doigts accompagne l'objet,

ANDROPHILE.

Oh! tu ne voudrais pas le croire !...

PHILOGYNE.

Ma parole !
J'ai fait un compliment stupide.

ANDROPHILE.

C'est peu drôle !
Çà, mon *loc*, savez-vous que vous n'êtes pas fort?

PHILOGYNE.

Madame... en vérité...

ANDROPHILE.

Vous êtes jeune encor...
Aussi, je vous pardonne en faveur de votre âge.

PHILOGYNE.

Je rends à votre esprit un profond témoignage.
Vous êtes adorable, et, même en réprimant,
Votre voix est toujours d'un organe charmant.

ANDROPHILE.

Allons donc, mon ami, ne soyez pas si bête,

Respectez mon ennui.... — J'ai bien mal à la tête.
Vous oubliez déjà que vous êtes ici
Comme une panacée à mon fatal souci.
Au lieu de me guérir vous me rendez malade.
Sachez donc pour toujours que je hais la panade,
Et maintenant, voici ma main, voici mon front.

PHILOGYNE.

Si vous n'étiez un ange, on vous dirait démon,
Tant vous savez au cœur où le fiel s'achemine
Verser de doux rayons d'espérance divine !
Mais assez, faisons trève aux propos vains et fous,
Et causons sagement, comme il sied entre nous.
Ne vous semble-t-il pas étrange, hyperbolique,
Qu'à cet âge un jeune homme ait l'âme aussi sceptique ?
Vingt ans ! Notre poète alors n'a que vingt ans,
Et l'automne mûrit le bourgeon du printemps.
En effet ; mais il est de ces âmes d'élite,
Chez qui l'âge n'est pas nécessaire au mérite,
Où l'observation, soleil intérieur,
Fait éclore le fruit dans le sein de la fleur.
Privilége fatal, hélas ! qui vous enlève
La fraîche illusion et le prisme du rêve,
Et, de vagues désirs étreignant votre cœur,
Vous rive, Prométhée, au roc de la douleur....
Malheur à ceux chez qui le faible idéalisme
N'a pas de contrepoids dans le philosophisme,
Dont l'immense besoin d'aimer ne trouve pas
L'être mystérieux que cherche en vain leur pas.
Tant que l'illusion conserve son mirage,

Et qu'un blond soleil rit à travers le feuillage,
Que la douce espérance, oiseau venu des cieux,
Fait vibrer dans leur cœur un cantique joyeux,
La vie est belle encore et la pensée active
Poursuit incessamment l'image fugitive,
Jusqu'au jour où Werther, par l'enfer inspiré,
Brise de Chatterton l'amour désespéré.
— Mon discours est fini, j'en fumerais bien une,
Quelle peine vaut bien cette tartine?...

ANDROPHILE.

Aucune.
Si! — Mon front à baiser.

PHILOGYNE,

Madame, assurément,
Je ne m'attendais pas à pareil dénoûment.

ANDROPHILE.

Restez, asseyez-vous... Ce que j'ai, je l'ignore,
J'ai besoin de vous voir, de vous parler encore...
J'éprouve du bonheur à vous entendre ainsi...
Vous parliez de Werther, de Chatterton aussi.
Leur fin pourtant n'est pas la même, je suppose.

PHILOGYNE.

C'est vrai, mais dans leur mort je vois la même cause.
Sur eux le même amour s'était appesanti,
Chatterton en mourant souriait à Kitty.
Tant que cette lueur appelée espérance
Dans le cœur de Werther tempéra la souffrance,
Il aima d'être au monde, et se broya le cœur
Quand le vase n'eut plus que du fiel pour liqueur.

— Mais pardonnez, il faut que je sorte.

ANDROPHILE.

Une belle

Sans doute vous attend?...—Adieu, grand infidèle.

PHILOGYNE.

Allez-vous à ma lèvre accorder votre main?...

ANDROPHILE.

A la condition que vous viendrez demain.

PHILOGYNE.

C'est me dire... — Au revoir, belle propriétaire.

(*Exit.*)

ANDROPHILE seule.

Décidément, je n'aime pas mon locataire.
C'est drôle. Il n'est pourtant pas bête. Il me déplaît.
Je ne sais pas pourquoi je le trouve si laid;
Il ne l'est pourtant pas. — Il n'est pas beau sans doute;
Sans être un élégant, ce n'est pas une croûte...
— Dans un moment d'ennui, ma foi... je ne sais pas...
— Je suis bête... je suis seule!... Et pourtant, tu bats,
Pauvre cœur, plein d'amour et d'ardente espérance!
Nul ne saura jamais comprendre ta souffrance...
Et pas un, en voyant sourire mon œil bleu,
Ne saura deviner mes larmes, ô mon Dieu!...
Tout à l'heure pourtant j'étais près de tout dire :
Il parlait de Werther dont l'âme se déchire
A la pointe de fer d'un impossible amour...
— Ne suis-je pas Werther?... Comme lui, sans retour
N'ai-je donc pas donné toute ma vie entière?...

N'ai-je pas combattu comme lui?... — Car, j'espère!
La sève de mon cœur, que la douleur endort,
Sous un autre soleil peut refleurir encor!...
— Insensée!.. Est-ce donc possible? — Pauvre femme!
N'ai-je pas tout donné quand il reçut mon âme?...
Mes croyances, ma foi, mon bonheur, ma beauté?
Dieu me refera-t-il une virginité?...
— Et pourtant, ces désirs... cette vague espérance...
Cet idéal... vers qui tout mon esprit s'élance...
Ces battements du cœur... cette secrète foi!... —
O mon Dieu, faites-moi mourir... ou, dites-moi
Si mon rêve n'est pas une vaine chimère...
Et si je puis l'aimer... comme j'aimais ma mère!...

PHILOGYNE, cheminant dans les rues.

Cette femme m'a l'air diablement de poser.
Pour le torse... j'accède, elle peut tout oser.
Pour l'esprit... — un ami, dont je tiens la parole,
M'a dit qu'elle en avait... — et cela me console.
— Allons, je ne serai jamais son Roméo. —
Pourtant en sa faveur mon cœur a parlé haut.
D'accord; mais elle perd, et je crois que je baisse.
C'est quelque question d'Orient qui se dresse,
Et jetté l'épouvante au sein de mes amours. —
Le cœur est une Bourse où l'esprit fait le cours,
Qui, selon le degré de l'humeur inconstante,
Cote la réussite au niveau de la rente.
— Mais voilà qu'en rêvant je me trouve à l'endroit
Désigné. — Commençons : — Madame... il fait très froid...

. . . .

II.

Je ne te dirai pas le reste, ami perfide.
De mon jeune coursier je tourne donc la bride,
Et poursuis, sans changer le bout de mon crayon,
Le fil capricieux de ma narration.

PHILOGYNE.

Bonsoir, ma *pro !*

ANDROPHILE.

Bonsoir, mon *loc !*

PHILOGYNE.

Vous êtes triste.

ANDROPHILE.

J'ai peur.

PHILOGYNE.

De quoi ?

ANDROPHILE.

D'aimer.

PHILOGYNE.

Vous êtes pessimiste.
Ce sentiment en lui n'a rien que de très bon,
Et de vous alarmer vous n'avez pas raison.
Voulez-vous un remède à peu près efficace ?...

ANDROPHILE.

Non : sitôt qu'en mon cœur apparaîtra la trace
De cet amour, je *flanque* à la porte celui

Qui me l'inspire.

PHILOGYNE.

C'est fort aimable pour lui.
Singulières façons, de répondre en tigresse
A des propos d'amour dont l'accent vous caresse !..
Cependant, je veux bien admettre ce moyen...
Mais la cause est douteuse, et vous n'en ferez rien.
Vous ne l'aimerez pas.

ANDROPHILE.

Que dites-vous ?

PHILOGYNE.

Madame,
Qu'aimer est désormais impossible à votre âme,
Qu'on n'aime pas deux fois de cet amour joyeux
Qui fait de notre vie un cantique des cieux.
Lorsqu'à ce sentiment si riche d'espérance
Le cœur s'est entr'ouvert comme un calice immense,
D'un caprice banal oserait-on souiller
Celui qu'un feu si pur voulut sanctifier ?...
— Vous ne l'aimerez pas, je le maintiens.

ANDROPHILE.

Je l'aime,
Et demain je le mets à la porte.

PPILOGYNE.

Blasphème !
Votre esprit aveuglé se leurre étrangement.
Vous prenez pour l'amour ce vague sentiment,
Ces aspirations vers une haute sphère

Où vous puissiez planer de là sur le vulgaire.
Vous rêvez un génie, un ange, un demi-dieu,
Un beau front à l'œil noir baigné dans votre œil bleu,
Et dont l'âme à la vôtre étroitement unie
Soit pour vous une sœur, une mère, une amie.
Charmante illusion, doux mirage du cœur,
Dont j'aime ainsi que vous la magique splendeur !
Cependant, vous l'avez, cet idéal sublime :
Dieu n'unit pas deux cœurs d'un lien plus intime ;
Dans l'extase et l'amour votre âme se confond,
Et l'étoile des cieux rayonne à votre front !...
— Heureux amants, vivez dans une paix profonde,
Oubliez, oubliez les orages du monde ;
En nos sentiers fangeux ne vous égarez pas :..
Le sol où nous marchons n'est pas fait pour vos pas ;
A vous la sombre allée au vert tapis de mousse
Où la lune se glisse, où chante une voix douce,
Où la nuit, éveillant l'écho des bois déserts,
Mêle au chant de vos cœurs ses nocturnes concerts.
— Tout à coup une voix d'abord faible et timide
Trouble la pureté de ce bonheur limpide :
Cette voix, échappée à quelque instinct secret,
A pris, à votre insu, la teinte du regret ;
Le passé, rallumant ses lueurs chatoyantes,
Fait briller à vos yeux ses images riantes,
Et, frappant le présent d'un opprobre éternel,
Sacrifie à Marco l'amour de Raphaël !...
— Filles de marbre, allez, poursuivez votre ouvrage ;
De ruine et de pleurs semez votre passage...
Non, votre cœur n'a plus ces généreux instincts

2.

Dont les nobles élans à jamais sont éteints !...
En vain, pour abuser la jeunesse crédule,
Vous venez afficher un amour ridicule...
On ne croit plus un mot de vos discours pervers,
Et partout nous voyons la ficelle à travers !...
— Mais pardon, où m'entraîne une ardeur insolite?
J'ai l'air d'un puritain prêchant un néophyte
Qui fléchit sous le poids d'un gros péché mortel ;
Ou du farouche Carr tonnant contre Cromwel ;
Et je ne voyais pas, à travers ma satire,
Qu'un pli de votre lèvre arrêtait un fou rire.
Mais, du reste, ceci ne saurait s'adresser
A vous qu'un rêve ami vient toujours caresser :
Quand la nécessité vous poussa dans la fange
Votre âme conserva ce qu'elle avait de l'ange,
Et pendant que Phryné se livrait au plaisir,
Le cœur de Madeleine était au repentir.

ANDROPHILE, riant aux éclats.

Ah ! ah !... laissez-moi rire un peu, mon locataire.
Je me suis retenue assez long-temps, j'espère.
Laissez-moi rire encor. — Je vous trouve charmant.
Vous parlez de l'amour si poétiquement ! [aime...
Vous avez donc souffert?.. Pauvre enfant!... Je vous
Vous me plaisez beaucoup. Vous avez le teint blême.
Et cela me suffit. D'un crayon plein d'attraits
Vous avez finement esquissé nos portraits...
Et vous avez raison, et nous sommes des femmes
Bien ignobles, vraiment, bien lâches, bien infâmes.
Tandis que vous, Messieurs, vous êtes des moutons,

Des petits agnelets, si timides... si bons...—
Ah! l'on est envers vous injustement sévère!...

PHILOGYNE.

Diable! quel arsenal!... On est armée en guerre.
Sarcasme, raillerie!...— Ah! Madame, vraiment,
Laissez-moi devant vous m'incliner humblement;
Je connais ma faiblesse, et ma tête inhabile
Ne saurait engager une lutte inutile.
Quant aux frais de la guerre, à vous de les fixer,
En joignant au total la valeur d'un baiser.

ANDROPHILE.

Non..

PHILOGYNE, cherchant de ses lèvres la bouche d'Androphile.

Si!— Plus bas.

ANDROPHILE, se retirant.

Jamais!—C'est pour l'homme que j'aime.

PHILOGYNE.

Il faut donc sur vos yeux...

ANDROPHILE.

Galanterie extrême!
Il faut donc!...—Eh bien, vous ne l'aurez pas!

PHILOGYNE.

Si!

ANDROPHILE.

Quand j'ai dit non, c'est non! n'insistez pas.

PHILOGYNE, sortant un manuscrit de sa poche, lisant.

Merci!

ANDROPHILE.

Que lisez-vous ?

PHILOGYNE.

Rien.

ANDROPHILE.

Près de moi, c'est aimable !
Quel est ce manuscrit ?

PHILOGYNE.

Une préface.

ANDROPHILE.

Diable !
A vos œuvres, sans doute ?

PHILOGYNE.

Aux vôtres.

ANDROPHILE.

Voulez-vous
Me montrer ?

PHILOGYNE

Quand votre œil pour moi sera plus doux.

ANDROPHILE, l'embrassant sur la bouche.

Etes-vous content ?

PHILOGYNE.

Oui.— Qu'est-ce donc qu'une femme,
Pour changer en gaîté la tristesse d'une âme ?...

ANDROPHILE.

Plus tard vous me direz le reste. — Donnez-moi
Ce cahier.

PHILOGYNE.

Le voici.

ANDROPHILE.

Pas de titre?... De quoi
Parle-t-on?...

PHILOGYNE.

Voulez-vous, Madame, que je lise?...

ANDROPHILE.

Aurai-je bien le temps?... Je suis bien indécise...

PHILOGYNE.

L'œuvre n'est pas de nous... ainsi ne craignez rien.
C'est d'un ami charmant.

ANDROPHILE, avec empressement.

En ce cas, je veux bien.

PHILOGYNE.

Tout à l'heure j'ai dit : Qu'est-ce donc qu'une femme ?
Allez-vous à présent me répondre , Madame?...

ANDROPHILE.

Oh! lisez donc... J'écoute...

PHILOGYNE.

On y parle de vous,
Et de maint jeune auteur dont le nom vous est doux,
Qui, de vous aimer fort ayant la fantaisie,
A fait en votre honneur beaucoup de poésie.
Mon ami lut un jour un de ses libretto.

Voici ce que sa plume écrivit subito.
(Lecture du manuscrit.)
Eh bien ! qu'en dites-vous ?...

ANDROPHILE.

     C'est charmant... admirable!
Tout, excepté la fin, qui me semble exécrable,
M'a paru frais... piquant... d'un parfum qui revient.
On dirait un beau vase étrusque ou dorien
Qui, le long des contours de ses formes attiques,
Roule en joyeux festons ses lianes pudiques.
— Mais la dernière phrase est stupide, d'honneur !
Me présenterez-vous bientôt ce jeune auteur ?...

PHILOGYNE.

Très volontiers.

ANDROPHILE.

   Quel jour ?...

PHILOGYNE.

     Mesdames, d'habitude,
A vous le choix de l'heure, à nous l'exactitude.

ANDROPHILE.

Quel âge a-t-il ?...

PHILOGYNE.

Trente ans.

ANDROPHILE.

     Est-il brun ?

PHILOGYNE.

       Oui.

ANDROPHILE.

Tant mieux !
Je n'aime pas les blonds, c'est d'un fade ennuyeux.
Venez prendre le thé jeudi soir.

PHILOGYNE.

A quelle heure ?

ANDROPHILE.

Mais entre neuf et dix.

PHILOGYNE.

A moins que je ne meure
Vous compterez sur nous.

ANDROPHILE.

Pour faire un lansquenet ?

PHILOGYNE.

Soit.—Au revoir.

ANDROPHILE.

Adieu !

Philogyne *exit.*

———————

ANDROPHILE, seule.

Je le trouve moins laid,
Je le trouve moins bête.—Est-ce drôle et bizarre ?.
Il est d'attentions pourtant assez avare.
Il n'éprouve donc rien pour moi ?...—Quel air moqueur !
Sa politesse est froide et me glace le cœur !...
Et pourtant, aux moments de causerie intime,

Sous l'exaltation, sa figure s'anime.
Quelle énigme !... Aima-t-il une femme jamais ?...
Est-il capable encor d'aimer ?... — Je ne le sais.
A-t-il un cœur au moins ?... Tout me dit le contraire.
Il met dans ses amours un ton qui m'exaspère.
C'est cette brune, puis cette blonde aux yeux bleus.
Jamais moi ! Quelle horreur ! L'ami, sans doute, est mieux :
Il n'aura pas grand mal... C'est lui qui le présente !
Quelle façon aimable... ou plutôt insolente !...
Me présenter un homme et rester sur le seuil...
Lorsque peut-être... Non ! taisez-vous, mon orgueil !
L'amour-propre nous rend stupides... sans courage.
Oh ! s'il pouvait m'aimer... pour bien sentir ma rage...
Qu'ai-je dit, ô mon Dieu !... Mais je ne l'aime pas !
On sait bien qu'en amour le cœur ne fait qu'un pas,
Et l'amour-propre deux. J'en ai fait deux. Qu'on m'aime,
Et nous verrons après qui fera le troisième ! —
A-t-on jamais trouvé rien de plus sot que moi ?...
La solitude attriste, ou rend bête... — Ma foi,
Je ne saurais nier sa dernière influence. —
Je vais lire Musset, ma réelle croyance,
Mon poète adoré, le seul ami du cœur !
Minuit !... Si de dormir j'espérais la douceur !...
Mais le sommeil me fuit et l'ennui seul me gagne !...
J'ai mal ! J'aurais besoin d'habiter la campagne,
Les grands bois, les forêts... les champs... pour y courir !
Ma poitrine est souffrante et je me sens mourir !...
Mourir !... sans seulement achever ma journée !...
Les médecins m'ont vue et je suis condamnée !...
Encor trois mois peut-être... et puis tout sera dit !...

Trois mois de vie encore à mon destin maudit !...
C'est une éternité !.. Que de douleurs encore !..
Oh ! si ma nuit pouvait avoir une autre aurore !..
Si du soleil de Dieu quelque rayon vermeil
Dans mon cœur assombri rallumait un soleil !...
Oh ! je vivrais long-temps !.. — car j'aimerais à vivre...
— Mais non... rêver... souffrir... à l'horizon poursuivre
L'incertaine lueur d'un chimérique espoir...—
Si jeudi l'apportait dans sa robe du soir !..
Oh ! je sens vers ce jour tout mon cœur qui s'élance !...
— Merci, mon Dieu, car vous me laissez l'espérance !

PHILOGYNE, couché dans son lit.

Elle gagne ; les fonds sont en hausse ce soir.
L'horizon politique est sans doute moins noir.
Son humeur se déride, et je commence à croire
Que son esprit n'est pas une chose illusoire.
— Est-ce que par hasard mon cœur irait l'aimer ?
Je ne sais. Dès long-temps il n'a pu s'enflammer.
Si j'allais devenir amoureux !..— Pourquoi faire ?
— Dans quel but ? — Oh ! pourquoi suis-je son locataire ?
Ce titre me déplaît. — Que j'aimerais bien mieux
Etre rien : un bohème... un mendiant, un gueux !
J'attendrais chaque soir, assis sous sa fenêtre,
Qu'elle vienne au balcon briller et disparaître,
Et puis je m'en irais, un soleil dans le cœur !
J'aurais pour cet amour une sainte ferveur !
A côté de mon Dieu, dans mon âme ravie,
Je mettrais son image — étoile de ma vie !...
Je serais libre alors... indépendant. — Le jour,

Avec son souvenir je parlerais d'amour...
Et la nuit, m'égarant en des rêves étranges,
J'invoquerais son nom — pour appeler les anges !..
Main non, son locataire... un être mal séant;
Un animal qu'on loge, et qui vous donne tant...
Moins encore, une chose... enfin un locataire !..
Oh ! si j'allais l'aimer !.. dites-moi... comment faire ?
Je ne lui dirais pas, au moins... — Je garderais
Ce sentiment si doux parmi mes doux secrets...
Je lui cacherais tout... N'est-ce pas ?.. que je l'aime,
Et que son souvenir m'est un bonheur suprême !..
Elle était d'une humeur adorable ce soir.
La marguerite est moins blanche que son peignoir,
Son peignoir est moins blanc que sa blanche figure.
— De la molle odalisque elle avait la posture :
Enfouie en sa duchesse elle suivait des yeux
De sa cigaretta le nuage onduleux,
Puis son front s'abaissait et son âme rêveuse
En des pensers amers se plongeait anxieuse,
Puis s'épanouissait en un rire moqueur
Qui faisait de sa bouche une grenade en fleur.
— Ah ! çà, décidément, je tourne au mélodrame.
Deviendrais-je amoureux par hasard d'une femme?..
Pourtant je ne dors pas... J'ai toute ma raison :
Où diable ai-je le cœur ce soir?.. A gauche ?..—Non,
Cela n'est pas possible.... Ah ! Dieu, que l'homme est bête!
—Elle est belle, ma foi !..—J'ai bien mal à la tête!..
J'ai sommeil.—Ses yeux bleus ont un éclat si doux!
Ah !.. je coucherais bien une heure...— à ses genoux.

III.

Le sommeil, de son doigt fermant le monologue,
Dans un songe charmant encadra ce prologue.
Un de mes créanciers, caractère rétif,
Dégrevait, en mourant, mon fabuleux actif.
Je fus reconnaissant de cet excès de zèle,
Et d'une larme ou deux je voilai ma prunelle.
—Dès ce moment je crus, et je le crois encor,
Que mon nom dans les cieux était au livre d'or,
Qu'il fallait, pour avoir de ces rêves de rose,
Que Dieu dans ses desseins me tînt pour quelque chose.
—Mais pourquoi t'obstiner à te parler de moi?...
Ma préface est finie, et je reviens à toi.
Pauvre lune, il est temps que bientôt je dérobe
Ma tremblante lueur au rayons de ton aube :
Jeudi pour toi s'avance et d'un reflet vermeil
Son pied déjà se dore aux feux de ton soleil.

PHILOGYNE, présentant Panphémius.

Je vous présente enfin mon noble ami, Madame ;
Auteur en fleur.

ANDROPHILE.

Enfin est bien dit, sur mon âme.
En fleur ne me plaît pas : j'aimerais mieux fleuri,
A Panphémius.
Si sur ce que j'ai vu je juge votre esprit.
Soyez le bienvenu, Monsieur... Sans vous connaître
Je m'étais fait de vous un ami. — Votre lettre
M'a plu. Vous voilà, bien ! Surtout souvenez-vous

Que pour les gens d'esprit ma porte est sans verroux.
C'est là le mot de passe.

PHILOGYNE, à part.

Elle pose, elle pose.
Le mot de passe est *or*.

PANPHEMIUS.

En vérité, je n'ose
Répondre à vos bontés, Madame...

ANDROPHILE.

Avouez donc
Que mon portrait est faux complétement.

PANPHEMIUS.

Pardon.
J'ai tenté de tracer le portrait d'une femme
Artiste au fond du cœur, poète au fond de l'âme....
Me serais-je trompé par hasard?.. Il est vrai
Que vos cheveux sont blonds comme un rayon doré,
Que votre bel œil noir est d'un vert d'émeraude....

ANDROPHILE, l'interrompant.

Vert?..—De cette couleur mon œil est l'antipode :
Il est bleu.

PANPHEMIUS.

Pardonnez, Madame, il est très vert.

ANDROPHILE.

J'en fais juge mon *loc.*

PHILOGYNE.

Je le vois d'un bleu clair.

Après tout, mon ami, dont le rôle commence,
Aurait quelque raison d'y voir cette nuance.
Le soleil du matin n'est pas celui du soir :
L'un nous dit espérance...

ANDROPHILE.

Et l'autre ?

PHILOGYNE.

Désespoir.

ANDROPHILE, bas à Panphémius.

Il est malade ?..

PANPHEMIUS, bas.

Un peu.

ANDROPHILE.

Souffrez-vous, locataire ?

PHILOGYNE.

Oui, des cors.

ANDROPHILE.

Voulez-vous un moyen salutaire
Pour les guérir ?..

PHILOGYNE.

Merci.—Votre esprit est méchant.
Ne vous suffit-il pas d'avoir un front charmant ?..
Pourquoi donc enlaidir sa beauté qui rayonne ?
J'en fais juge mon cher.

PANPHEMIUS

Certes, jamais couronne

3.

De jeunese, de grâce et d'amabilité
N'orna front de vingt ans de plus douce beauté.

PHILOGYNE, à part.

Oh ! tu ne voudrais pas le croire !

ANDROPHILE.

Votre lettre
M'annonçait un penseur, mais non un petit-maître.
Faut-il vous pardonner ?.. C'est la première fois,
Ce sera la dernière...—Allons, bien, je vous crois ;
Ne dites pas un mot... Je devine sans peine :
Vous n'y reviendrez plus.

PANPHEMIUS.

Madame...

PHILOGYNE, à part.

Je les gêne.
Je m'en vais prendre l'air.

PANPHEMIUS.

Je confesse mes torts...

PHILOGYNE, qui s'est levé.

Bonsoir.

ANDROPHILE.

Vous partez, *loc*.

PHILOGYNE.

Je vais guérir mes cors.
(Exit.)

ANDROPHILE.

Je ne le comprends pas.

PANPHEMIUS.

Ni moi non plus.

ANDROPHILE.

Vous-même ?..

PANPHEMIUS.

Oui, madame : pour moi c'est un vivant problème.

ANDROPHILE.

Il a fait quelques vers assez mauvais. —Un jour
Il m'en lut une pièce où l'on parlait d'amour.
Il a la rime aisée et le travail facile,
Mais il pille Musset de façon incivile.

PANPHEMIUS.

Vous m'étonnez, Madame. Il est vrai, j'ai peu lu
De ses œuvres.

ANDROPHILE.

Alors vous n'avez pas voulu.
Qu'on parle politique, ou musique, ou peinture,
Il vous mène bientôt à la littérature ;
Et là, dans cette impasse ouverte aux noirs desseins,
Il vous sert le pavot de ses alexandrins.
Musset n'est pas le seul de volé, mais encore
Hugo, Chénier.... et puis les autres que j'ignore.
L'autre jour, je reçus une pièce de vers
Suivis de cet envoi :

Elle sort une feuille de papier de sa poche et lit.

De quelques jours passés tableau fidèle

Que rien n'a pu jusqu'à présent ternir,
Allez, mes vers, emportant sous votre aile
Le doux trésor d'un charmant souvenir.
De vos parfums, s'il vous en reste encore,
Faites hommage à ce front couronné....
Lui plairez-vous?—Comme vous je l'ignore...
Rien n'est à prendre où Musset a passé.
Allez pourtant... la brise qui vous porte
Vous a prédit un favorable accueil :
Comme le sylphe, en frappant à sa porte,
Oh! n'allez pas expirer sur le seuil !...

> Ces plagiats sont clairs.
Voici Musset d'abord : *emportant sous votre aile,*
Et cœtera; puis c'est Hugo qui se révèle
Dans l'histoire du sylphe; en un mot, c'est charmant.
J'en ai fait quatre; mais ils sont de moi.

PANPHEMIUS.
> Vraiment?
Auriez-vous la bonté de vouloir me les dire?

ANDROPHILE.
Plus tard, quand vous aurez l'intention de rire.

PANPHEMIUS
Pour entendre ces vers vous me la donneriez.

ANDROPHILE.
Et moi je ne veux pas, Monsieur, que vous riiez.
Hélas! je vous demande une chose impossible!

PANPHEMIUS.
Mais je ne vois rien là, Madame, de risible.

ANDROPHILE.

Allez-vous quelquefois au théâtre?...

PANPHEMIUS.

Parfois.

Les arts dans notre estime ont conservé leurs droits,
Et pour nous le spectacle est toujours une fête
Quand l'œuvre a dans l'acteur un habile interprète.
Lemaître a retrouvé dans le *Vieux caporal*
Les aspirations d'un talent sans égal.
Son génie a, malgré le froid de la vieillesse,
Déployé des trésors d'incroyable souplesse,
Et, si le *Chiffonnier* rencontrait en chemin
Le soldat de l'empire, il lui tendrait la main.
Quant à la pièce, elle est d'une nullité rare.
Cependant de bravos on n'est jamais avare :
Quand du jeu d'un acteur le public est épris,
Il s'inquiète peu si l'œuvre a quelque prix.
Est-il un but moral dans l'ouvrage?... Qu'importe?
Il a tout oublié quand il franchit la porte,
Tout, excepté le nom de l'artiste. Après tout,
Devrait-on le blâmer d'un aussi pauvre goût?...
Si l'écrivain, avant de commencer un drame,
Fouillait sincèrement dans le fond de son âme;
Si, mettant de côté tout intérêt banal,
Il allait à son but d'un pas ferme et loyal,
Plein de foi, vers le beau guidé dans son voyage
Par l'étoile de l'art, comme un autre roi mage,
Le fruit de ce travail vraiment consciencieux
Des esprits éclairés attirerait les yeux,

Et la foule, admirant cette œuvre supérieure,
Applaudirait l'auteur et s'en irait meilleure.
Dans *l'Honneur et l'argent*, succès de l'Odéon,
J'y vois un but moral, du talent et du fond.
De ces gloires d'un jour dédaignant l'auréole,
Ponsard loin du vulgaire a placé son école.
Son vers sentencieux, plein de mâle vigueur,
De la grâce d'Augier rachète la fraîcheur.
Son esprit, imprégné de la couleur antique,
Donne à tout ce qu'il touche une tournure attique,
Et dans la majesté de son alexandrin
Comme dans un peplum sait draper un Romain.
Mais assez de critique ainsi. Je vous ennuie...
Autre chose : causons... du beau temps... de la pluie,
Si vous voulez ; mais point des théâtres, hélas !...

ANDROPHILE.

De me faire plaisir vous êtes déjà las ?
Ah ! Monsieur, c'est bien mal... Continuez, de grâce !
Faut-il baiser vos mains ? Eh bien, je les embrasse.
Mais voyons... parlez-moi... toujours. — Vous oubliez
Le grand succès du jour.

PANPHEMIUS.

Lequel ?...

ANDROPHILE.

Vous m'effrayez,

Vous demandez lequel ?

PANPHEMIUS.

Madame, je l'ignore.

Lady Tartufe ?

ANDROPHILE.

Point. — Ce doute vous honore.

PANPHEMIUS.

Philiberte, dit-on, au Gymnase est goûté.

ANDROPHILE.

Ce n'est pas *Philiberte*. — Eh bien?...

PANPHEMIUS.

En vérité,
Je cherche en mon cerveau drames et vaudevilles;
C'est en vain.

ANDROPHILE.

Jouez-vous à la Bourse?

PANPHEMIUS.

Ah! *les Filles*
De marbre!

ANDROPHILE.

Justement, vous l'avez dit. Eh bien?

PANPHEMIUS.

Je dis qu'elle est absurde et qu'elle ne vaut rien.

ANDROPHILE.

Pourtant on y fait queue.

PANPHEMIUS.

Eh! sans doute, Madame...
C'est un succès de femme honnête.

ANDROPHILE.

C'est infâme.

PANPHEMIUS.

Vous savez que pour vous elle a peu d'amitié.
Elle vous hait d'instinct, rappelez-vous...

ANDROPHILE.

Pitié !

Enfin. — Si notre sexe envieux nous jalouse,
Le vôtre, moins méchant, nous flatte et nous épouse.

PANPHEMIUS.

Et tant que le printemps fera naître une fleur,
Il aura pour le vôtre un amour dans le cœur.

ANDROPHILE.

A propos, que dit-on du salon de peinture ?
Avez-vous rencontré quelque belle figure
Dont le contour charmant finement exprimé
Réalise en votre âme un idéal aimé ?

PANPHEMIUS.

Le Dernier jour d'Egmont, selon la voix publique,
S'est acquis les faveurs de la presse critique.
Le front du condamné se collant au barreau
Pour voir dresser dans l'ombre un funèbre échafaud,
Ce muet désespoir, cette terreur profonde,
Ce vivant dont les yeux vont se fermer au monde,
Ce cachot éclairé d'un sinistre reflet,
Tout s'anime au pinceau vigoureux de Gallet.
Mais ce qui là fait tache et paraît hors nature,
C'est ce prêtre assistant cette grande figure.
Qu'à ce moment suprême, où tout nous dit adieu,
Le cœur désespéré se retourne vers Dieu,

Et, des choses du monde effaçant les empreintes,
Se courbe pénitent sous les paroles saintes,
C'est bien. Mais pourquoi donc, artiste, à vos prélats
Donnez-vous de ces teints que nous n'admettons pas?
Certes, bien loin de nous le sentiment sinistre
De vouloir un front blême à ce pieux ministre ;
Mais nous lui donnerions un peu moins de rougeur :
Un si large embonpoint sied mal à la douleur.
Pouvons-nous franchement croire un homme sincère
Quand, nous montrant le ciel, il se plaît tant sur terre
Non, Gautier a raison : ce prêtre vénéré
A tout l'air d'un chaudron fraîchement récuré.

ANDROPHILE, riant.

Ah ! ah ! le mot est bon.. C'est bien là Théophile !

PANPHEMIUS.

Madame, à votre rire une borne est utile.
Voici Courbet. Devant un si digne talent
Nous ne saurions garder un silence insolent.
Implacable ennemi du vieil idéalisme,
Courbet s'est élancé dans le vrai réalisme ;
Son génie, abjurant tout principe reçu,
Pour seul modèle a pris la nature. Il a su
Donner à sa fileuse une teinte si vraie
Que, tout en l'admirant, ce repos vous effraie.
Pauvre femme ! Sans doute elle a jusqu'au matin
Autour de ses fuseaux roulé son fil de lin !...
Elle dort... Le sommeil, fixant son attitude,
La rayonne de calme et de béatitude,
Et, chassant les soucis d'un pénible labeur,

4

se flotter sur elle un rêve de bonheur...

ANDROPHILE.

Mille mercis, ami... monsieur, veux-je bien dire.

PANPHEMIUS.

Se reprendre est douter... et douter, c'est médire.

ANDROPHILE.

Pardonnez-moi...

PANPHEMIUS.

Comment... J'accepte cet honneur,
Madame, et vous bénis d'une si douce erreur.
Quant à vous pardonner, vous comprenez vous-même
Qu'on n'excuse jamais une faute qu'on aime...
Si vous n'étiez venue à ce point, j'y serais...
— Vous me maudiriez donc...?

ANDROPHILE.

Non, je vous bénirais !
Oui, soyez un ami sûr, dévoué, sincère !
Je ne vous parle pas d'une façon légère,
Je vous parle du cœur... — Je ne vous connais pas,
On vous dit bon et doux. — J'ai besoin que mon pas
Dans les chemins du monde ait le vôtre pour guide.
Oh ! vous me croyez folle, et peut-être perfide ; —
Il n'en est rien, ami... — Je suis triste souvent...
J'ai besoin d'être aimée, et je suis un enfant. —
On nous refuse une âme, à nous... — Quelle infamie !
Chez beaucoup, il est vrai, cette âme est endormie;
Elle veille chez moi... car je souffre toujours.

Mais quand vous serez là, vous serez mon secours,
Vous me protégerez, ami, contre moi-même,
Et, quand je serai prête à lancer le blasphème,
Vous me direz un mot et je vous sourirai.
Tout conseil me venant de vous, je le suivrai...
Je suis seule... je n'ai pas même une famille...
— Oh! j'avais une mère... Elle adorait sa fille,
Et moi, j'adorais Dieu dans elle... — Vint un jour
Où le ciel me la prit. Je sentis mon amour,
Toute mon âme en pleurs s'en aller avec elle...
J'ai bien voulu mourir depuis; la mort cruelle
M'a répondu: Plus tard. — J'étais folle. — Un matin
Je sentis un grand mal qui déchirait mon sein,
Ma raison s'éclaira... Je venais d'être mère,
Et je vis mon enfant recouvert d'un suaire.
— Il était mort...! Hélas! c'était tout mon espoir!
Mon pauvre cœur dès lors s'ouvrit au désespoir...
Je ne crus plus à rien, même à Dieu... Dans mon âme
La foi de mes vingt ans vit éteindre sa flamme,
Et, du froid septicisme invoquant les erreurs,
Je façonnai ma lèvre aux sourires moqueurs.
— J'ai voulu vivre aussi de cette vie infâme...!
Et Laïs a souillé ma couronne de femme...
Je me suis adonnée aux plus folles amours
Pour oublier...— Hélas, je me souviens toujours...!
Mais je ne vous ai pas tout dit : A ma tristesse
Un homme m'enleva, me promit sa tendresse...
Je le crus... je souffrais... son parler était doux...
Il aurait dit le nom de ma mère à genoux,
Tant il semblait m'aimer...! Je l'aimai, pauvre femme...

Je lui donnai mon cœur... je lui donnai mon âme...
Il me semblait que Dieu, par un soudain retour,
Pour toutes mes douleurs m'envoyait cet amour...!
J'allais passer tous mes étés à la campagne.
J'étais seule... j'avais ma gaîté pour compagne...
J'allais au fond des bois courir, chanter, rêver...
Je me perdais souvent afin de retrouver
Mon chemin. — Il venait me voir dans la semaine...
Quand il ne venait pas, bien grande était ma peine...
Le jour me paraissait n'avoir pas de soleil,
Et ce penser, la nuit, pesait sur mon sommeil...!
— Il manqua bien souvent... — Je me crus oubliée...
Dès lors, adieu la joie un instant réveillée...
Bientôt le doute affreux s'empara de mon cœur...
Et j'eus tout mon amour sans avoir mon bonheur...!
Il m'a fait bien du mal, allez... — Je le déteste !

PANPHEMIUS.

Non, vous l'aimez encor : de tant d'amour il reste
Toujours au fond de l'âme un tendre souvenir.
Si vous ne l'aimiez pas, pourriez-vous le haïr...

ANDROPHILE.

Oh ! vous avez raison, peut-être... — Je m'ignore...
Cette plaie à mon cœur n'est pas fermée encore...
Voilà tout... Quelques mois, et tout sera fini...!
— Mais si mon souvenir de vous n'est pas banni,
Ma guérison sera moins longue, je l'espère.

PANPHEMIUS.

S'il faut, pour vous guérir, une amitié sincère,

S'il ne faut, pour chasser un passé malheureux,
Qu'un vif attachement dévoué, généreux...
Daignez compter sur l'une et sur l'autre, Madame.
Vous m'avez découvert tout le fond de votre âme,
C'est un devoir pour moi de vous ouvrir le mien...
Oui, cette affection que vous m'offrez si bien,
D'un cœur reconnaissant j'en accepte l'hommage...
Relevez votre front, armez-vous de courage...
Des ombres du passé débarrassez vos pas...
Qui sait si l'avenir ne vous réserve pas,
Au fond de son ciel bleu rayonnant de lumière,
Quelque étoile d'argent propice et tutélaire !...

ANDROPHILE.

Il m'est si naturel d'espérer près de vous !...
Aimez-vous quelquefois à vous mettre à genoux ?

PANPHEMIUS.

Oui, devant une femme alors qu'elle est fort belle.

ANDROPHILE.

Dans ma chambre à coucher j'ai fait une chapelle.
C'est la fête à ma mère aujourd'hui : jour sacré !
Venez, restez debout.

PANPHEMIUS.

           Je m'agenouillerai !

ANDROPHILE.

Les fleurs et moi, c'était là toute sa famille ;
Aussi j'en ai bien mis... voyez...

PANPHEMIUS.

           Charmante fille !...

4.

Vous avez un bon cœur... Dieu vous donne l'espoir!

ANDROPHILE.

Quoi! vous partez sitôt?...

PANPHEMIUS.

Onze heures.

ANDROPHILE.

Au revoir.

Vous ne m'oublierez pas, ami...

PANPHEMIUS.

Soyez tranquille.
(*Exit.*)

____

ANDROPHILE, seule.

Je suis calme... je suis heureuse... Pauvre fille!...
Je ne me suis pas dit depuis long-temps cela!...
Je m'en vais bien dormir... et pourtant je sens là
Une voix qui me dit que je fais une faute...
Mon cœur gardera-t-il long-temps ce nouvel hôte?
Albert d'une amitié si profonde m'aimait!...
Et je ne le vois plus... et mon âme le hait!...
Émile, cet enfant si doux qui m'a choisie
Pour parer, disait-il, sa jeune poésie,
Il ne vient plus me voir... j'ai fait pleurer son cœur...
Mon amitié pour lui n'était pas son bonheur :
Il voulait mon amour... hélas! je n'avais qu'elle!
Oh! que la destinée est amère et cruelle!...
Rire à qui vous adore, adorer qui vous rit!...
Ma pensée est pourtant encore en son esprit :

Seul il s'est rappelé que c'était hier ma fête...
Il a dans un quatrain mis une violette,
Et m'a tout envoyé : le quatrain et la fleur...
J'ai mis l'un dans ma tête et l'autre sur mon cœur.
Pauvre enfant, s'il savait, il reviendrait bien vite !
Je me rappelle encor sa dernière visite :
Il me donna des vers que suivit son adieu...
C'était le chant d'amour d'une étoile au ciel bleu.
Cette étoile, c'était ma bonne et sainte mère !...
Mais pourquoi donc fouiller une pensée amère ?...
Si j'écrivais !... On m'a pris mon livre adoré,
Mon pauvre livre noir ! autre ami... vénéré !...
L'urne où se déversait ma triste rêverie !...
Mais il m'en reste un autre où je verse ma vie,
Les chansons de mon cœur, mon bonheur, ma gaîté...
Quelqu'un vient !...

PHILOGYNE.

Eh ! bonsoir !... Comment va la santé ?

ANDROPHILE.

Parfaitement.

PHILOGYNE.

Tant mieux. Vous êtes rayonnante :
L'ami n'a pas été d'une humeur chagrinante,
Je le vois à l'éclat de votre œil. Pour ma part,
J'en suis charmé.

ANDROPHILE.

Merci. — D'où venez-vous si tard ?

PHILOGYNE.

Du bal.

ANDROPHILE.

Lequel?

PHILOGYNE.

Pardieu ! du Casino.

ANDROPHILE.

Vous êtes

Un menteur.

PHILOGYNE.

A mon tour, grand merci.

ANDROPHILE.

Car les fêtes

Ont cessé d'avoir lieu : mieux que vous je le sais.

PHILOGYNE.

A ce charmant séjour devrait-on des succès?...

ANDROPHILE.

Je ne vais pas au bal, vous le savez.

PHILOGYNE.

Sans doute.

Quand vous devez sortir, sais-je pas votre route?

ANDROPHILE.

Vous m'impatientez.

PHILOGYNE.

J'en suis peiné vraiment.

ANDROPHILE.

Vous êtes un coureur.

PHILOGYNE.

Moi, fou du sentiment
Cette accusation malveillante me pique.
Je viens tout bonnement de causer politique
Avec un vieil ami.

ANDROPHILE.

Quel âge?

PHILOGYNE.

Dix-huit ans.

ANDROPHILE.

Belle?

PHILOGYNE.

Charmant.

ANDROPHILE.

Et vous avez causé... long-temps?

PHILOGYNE.

Deux heures à peu près; il en est fou. Moi j'aime
Mieux du pâté de foie avec un peu de crème,
Crème de charcutier.

ANDROPHILE.

Ah! çà, que faites-vous?
Nous allons donc souper?

PHILOGYNE.

Si cela vous est doux.

ANDROPHILE.

Votre société m'est toujours agréable...

Même quand un souper nous convie à la table.

PHILOGYNE.

Vous me dites toujours des amabilités.

ANDROPHILE.

Beaucoup mettent un voile au front des vérités ;
C'est absurde, surtout en chose politique.

PHILOGYNE.

C'est beaucoup moins décent, mais c'est plus artistique :
L'art s'arrange de tout.

ANDROPHILE.

    Quel artiste en cela
Que vous !...

PHILOGYNE.

Je vous rends grâce.

ANDROPHILE.

    Allons, restons-en là.
Vingt rames de papier moins que nous sont stupides.
Vous perdez en allant chez vos jeunes sylphides :
Vous y laissez l'esprit à force d'y rêver.

PHILOGYNE.

Qu'importe si chez vous je dois le retrouver ?...

ANDROPHILE.

Cette réponse-là pourrait m'y faire croire.

PHILOGYNE.

Eh bien, à quel chapitre en est-on de l'histoire

Avec le jeune auteur?

ANDROPHILE.

A la préface.

PHILOGYNE.

Encor?...

ANDROPHILE.

Nous ne prodiguons pas notre amoureux trésor :
Peu de chose à la fois, mais qui dure.

PHILOGYNE.

A merveille!
L'art pour vous a toujours une voix qui conseille.
Ménager les effets est d'un rare pinceau.
Va-t-on me présenter au quinzième tableau?...

ANDROPHILE.

Oui, si la pièce en a trente.

PHILOGYNE.

Ce qui veut dire :
Qu'il ne faut du prochain en aucun cas médire ;
Qu'il fait beau temps ce soir, et qu'il pleuvra demain ;
Qu'un petit gant toujours sied à petite main ;
Que j'aime le soleil, que j'abhorre la pluie,
Et que...

ANDROPHILE.

Vous m'ennuyez très fort.

PHILOGYNE.

Je vous ennuie!

Cette rime de vous me vient là fort à point.

ANDROPHILE.

Ce qui veut dire aussi que avez vous besoin
De dormir.

PHILOGYNE.

Ah ! ceci n'est pas la même chose.
Quand je suis près de vous je ne dors pas, je cause.

ANDROPHILE.

Assez mal.

PHILOGYNE.

Volontiers.

ANDROPHILE.

Ah ! je dormirais bien !...
Tenez, *loc*, brisons-là notre doux entretien.

PHILOGYNE.

De me congédier façon non équivoque.

(Exit.)

ANDROPHILE.

Mon pauvre locataire est d'un vide qui choque.
L'esprit de l'autre à peine emplirait celui-ci.
J'ai cependant failli l'aimer... un peu....— Merci.
Il est de ces erreurs vraiment que rien n'explique.
Le timbre de sa voix est un vrai narcotique ;
Elle est douce pourtant, mais qu'elle m'endort bien !
Il est trop grand... Et l'autre est petit... C'est un bien.
Je verrai ressortir au moins toute ma taille !

Toujours au fond du cœur un peu d'orgueil tressaille...
Dieu, songeant à la femme en faisant la beauté,
Du sexe féminin créa la vanité.
L'amour-propre, et l'amour, c'est là notre fortune.
Quelle joie aurions-nous sans eux ? Hélas! aucune...
Les hommes ont tout pris à notre sexe... tout...
Hors le droit de leur plaire et de flatter leur goût...
Vais-je avoir un nouvel accès d'androphobie ?...
Sotte !... Oublier déjà que par eux seuls j'oublie !...
Du bruit ! quelqu'un !... C'est lui... mon amant. Noble cœur !
Vite, faisons-lui part de tout notre bonheur !...
Va-t-il être ravi de me voir bien heureuse ?...

PHILOGYNE, chez lui.

On a jadis émis l'idée ingénieuse
Que les femmes étaient des fleurs. C'est un grand tort ;
Avec un artichaut j'y vois plus de rapport.
Après tout, fleurs ou bien artichaut, c'est tout comme :
L'un jette au vent sa feuille, et l'autre son arôme.
Bien adroit est celui qui les happe en passant.
O mon lit, si déjà, d'un poétique accent,
Un ami n'eût chanté tes vertus d'un autre âge,
D'un bienveillant discours je te ferais l'hommage.
O toi qui, mieux que moi, connais le genre humain,
Montre-moi les secrets que recèle ton sein.
Combien as-tu compté de ces nuits de mensonge,
Pleines d'aveux brûlants oubliés comme un songe ?
Lequel des deux, de l'homme ou bien de ce démon
Qu'on nomme femme, a t-il le moins de honte au front ?

Lequel est le plus vil, lequel a le moins d'âme?...
J'ai failli cependant adorer cette femme !
Pauvre fou ! Mon génie était là... mon sauveur !...
Je suis libre, je n'ai plus rien au fond du cœur...
Rien que ma rêverie et ma chère pensée !...
Mais ce que je dis là, c'est d'une âme insensée !...
Ne pas avoir en soi le plus petit amour !...
N'est-ce pas le néant, quand aimer c'est le jour !...
Oh ! j'aimerais pourtant d'une amour si profonde !...
Je ne recontrerais jamais personne au monde
Que je puisse entourer de tendresse et de soin !
Et pourtant je sens là que j'en aurais besoin !...
Oh ! je me trompe encor... je me leurre sans doute.
Près des buissons fleuris qui parfument ma route
Avec tant de plaisir je m'arrête souvent
Afin d'en respirer les parfums en rêvant !..
Parfois ma chair se blesse aux pointes de l'épine.
Qu'importe ? A d'autres fleurs j'entrouvre ma poitrine,
Et je crois être heureux !... Charmante illusion !
Le bonheur n'est-il pas une négation ?
Qu'on demande au premier venu dont le caprice
Trouve à tous ses désirs un sot destin propice.
Son seul bonheur était dans son rêve si doux !...
L'amour ne fuit-il pas au premier rendez-vous ?
O mon Dieu ! faut-il donc qu'après cette ombre vaine
L'humanité s'acharne avec autant de peine !...
Et faut-il ?... Mais pourquoi ces pensers ténébreux !
Soldat en faction a des rêves moins creux.
Lorsqu'à philosopher mon pauvre esprit s'amuse,
Le poème du Dante est plus gai que ma muse.

Voyons, que me faut-il ?... j'ai mon lit... je suis seul ;
Nul n'est là pour couvrir mes rêves d'un linceul !
Je suis roi tout-puissant de ce riche domaine
Qu'on nomme rêverie... et ma muse est ma reine !..
Allons donc ! Vais-je pas songer au lendemain,
Quand cet ange du ciel m'abandonne sa main ?..,
Oui... mais suffira-t-elle aux besoins de mon âme ?
Que vais-je devenir sans l'amour d'une femme ?
Le sais-je ? hélas !... A vous, ô mon Dieu ! j'ai recours :
Car je m'ignore encor... je m'ignore toujours !...

IV.

Ami, pardonne-moi, si, tombé de ce faîte
J'ose vers le passé tourner encor la tête...
Et vers l'étoile d'or qui se perd dans la nuit
Si mon œil inquiet se dirige et la suit...
Tu me sais amoureux de ces vagues images
Qui de notre existence illuminent les pages,
Tu sais de quel respect tendre, religieux,
J'ai toujours entouré les souvenirs joyeux.
Quoiqu'à peine échauffé sous un regard de femme
Mon cœur ait vu mourir cette éphémère flamme,
J'ai gardé pour ces jours pleins de joie et de ris
Un certain sentiment qui leur rend quelque prix.
— J'ignore, en ma candeur ingénue et crédule,
Si sous ce gros tissu fadement ridicule
Tu ne devines pas un perfide moyen
Forgé par mon cerveau pour abuser le tien,
Et si, prêt à brûler cette épître éternelle,
Tu ne vas pas, saisi d'une pitié nouvelle,
En faveur du sommeil que je t'ai procuré,
Pour un moment suspendre un légitime arrêt.
— Sur le point de quitter ce délicieux rêve,
Laisse-moi, cher ami, laisse que je l'achève !..
Enfant de ma pensée, étranger à l'espoir,
Que ce pauvre poème aille au moins jusqu'au soir !..
Puis, quand tu l'auras lu, tu pourras le proscrire,
— Si tel est son destin.—Bien, je t'ai vu sourire.
Je reprends donc : — Il est sept heures ; du balcon,
Sous un nuage noir, je vois à l'horizon

Descendre le soleil. — Sur sa bergère assise
Elle promène au ciel sa pensée indécise ;
Puis son regard s'abaisse, et, fixant maint passant,
Se relève étoilé d'un sourire d'enfant.
— Elle m'appelle.

ANDROPHILE.

Lôc !

PHILOGYNE.

Belle *pro !*

ANDROPHILE.

Je m'ennuie.

PHILOGYNE.

Je vous plains de tout cœur.

ANDROPHILE.

Sans la dernière pluie...

PHILOGYNE.

Eh bien ?

ANDROPHILE.

Je sortirais.

PHILOGYNE.

Est-ce donc un motif ?..

ANDROPHILE.

Sans doute.

PHILOGYNE.

Il fait très bon.

ANDROPHILE.

Non , l'air est un peu vif.
Tant pis , car je serais allée à la campagne.

PHILOGYNE.

A cette heure?.. Voyez , déjà la nuit nous gagne ,
Et , s'il n'était vos yeux , je ne vous verrais point.

ANDROPHILE.

D'un pareil compliment vous m'évitez le soin.
— Quant à l'heure , je la trouve si favorable
Que nous allons partir.

PHILOGYNE.

Vous êtes adorable.
Pour votre chevalier , Madame , me choisir...

ANDROPHILE.

Je ne vous choisis pas... je vous prends.

PHILOGYNE.

A ravir.
Nous irons promener sous les vertes allées...

ANDROPHILE.

Vous irez.

PHILOGYNE.

En causant de choses envolées...

ANDROPHILE.

Vous causerez.

PHILOGYNE.

Et puis , nous mêlerons nos voix

En un chant...

ANDROPHILE.

Vous aurez certes l'écho des bois.

PHILOGYNE.

Et vous ?..

ANDROPHILE.

Pendant que vous ferez la causerie
Avec n'importe quoi, j'aurai ma rêverie,
Avec qui j'ai besoin de parler fort long-temps.
— M'y laisserez-vous ?..

PHILOGYNE.

Oui, si c'est quelques instants.

ANDROPHILE.

Pour toute la soirée.

PHILOGYNE.

Oh ! la plaisante affaire !
—A-t-on l'intention d'être à ce point sévère..
Voyons, rêver... c'est bon pour qui l'aime, mais moi,
Quand je suis près de vous... ah ! j'aimerais mieux...

ANDROPHILE.

Quoi !

PHILOGYNE.

Rien.—Si !..—J'aimerais mieux fumer la cigarette.
Et puis la rêverie est chose par trop bête :
Avoir l'œil constamment abaissé vers le sol !
On a l'air d'un quaker ou d'un moine espagnol.
A quoi bon se charger l'esprit de tant de choses ?

Vous cherchez une épine en un lieu plein de roses,
Et quand vous vous piquez, ce sont cris de douleurs...
Allons, nous causerons en cueillaut quelques fleurs,
Des fleurs des champs ! Chacune est un charmant poème.
On en fait un bouquet pour celui que l'on aime,
Et puis l'on s'en revient heureuse de le voir...
— Vous ne répondez pas ?

ANDROPHILE.

Vous me plaisez ce soir.

Voici notre voiture..

Au cocher.

Au bois.

A Philogyne.

Surtout silence !

PHILOGYNE, à part lui.

Décidément je n'ai pas la moindre éloquence.
En aurais-je après tout, je doute avec raison
Qu'elle puisse en un *oui* changer un pareil *non*.
—Puisqu'elle rêve... eh bien, ma foi, rêvons comme elle...
—A quoi ? je ne sais pas... Je suis fou ! Qu'elle est belle !...
Qu'elle est blanche !.. — A la voir étendue à demi
Dirait-on pas un ange, un bel ange endormi ?
— Au lieu d'une capotte une blanche résille
Encadre élégamment son front de jeune fille...
Dona Sol, fiancée au bandit Hernani,
Dans son type espagnol n'eut pas plus de fini !
D'ordinaire, je suis pourtant libre auprès d'elle...
Aujourd'hui, je le sens, ma hardiesse chancelle...
Souvent mon front osa près du sien approcher...

Et ma main aujourd'hui n'oserait la toucher.
N'est-ce pas de l'amour que cette pure extase?...
— Oh! s'il faut pour aimer que notre être s'embrase,
Si les heures de joie et de ravissement
Appartiennent, mon Dieu, sans réserve à l'amant,
Pourquoi ne pas mêler au bonheur de notre âme,
Quand le doute nous vient, un sourire de femme?..
Nous nous enivrerions à ce tendre regard...
— Au lieu d'avoir le cœur déchiré d'un poignard!..
Dieux! si sa rêverie, écoutant ma pensée,
Surprenait cet aveu dans ma tête insensée!...
Vite, un frein aux élans de notre passion,
Et voilons notre amour sous l'admiration!...
— Hélas! de l'amitié c'est la porte ordinaire...
— Si je faisais semblant de sommeiller?..

ANDROPHILE, rêvant mentalement.

Verrière!...

Verrière!... O doux pays où j'allais autrefois
Respirer avec lui la senteur de tes bois!...
Tu ne dois pas me voir, hélas! de cette année...
Je m'étais crue à toi pour jamais enchaînée...
Comme à lui!...— Vous étiez mes deux seules amours...
Voilà que je le hais...— Mais je t'aime toujours!...
J'aime tes verts coteaux et ta belle campagne,
Le chant joyeux du pâtre assis sur la montagne,
Le labeur de tes jours, le calme de tes nuits...
Et surtout, vers le soir, ces harmonieux bruits,
Qui, s'élevant aux cieux en un concert mystique,

Dans mon âme inspirée éveillaient un cantique !...
Je vois l'étroit sentier où nous allions tous deux
Lire, chanter, rêver un avenir joyeux...
Je revois le vieux saule ombrageant la fontaine,
La pierre où, fatigués, nous reprenions haleine,
Et la place où souvent, les yeux mouillés de pleurs,
Je venais tristement interroger les fleurs...
— Amour et poésie !... Adieu... la coupe est vide !
Le miel a pour jamais quitté ma lèvre avide...
Et le noir désespoir, dominant mon passé,
Comme un sceptre hideux sur moi s'est abaissé !..
— Où vais-je ?.. Je ne sais. Inutile en ce monde,
Je descends vers l'abîme... et ma nuit est profonde.
De la folie en vain j'invoque les grelots,
Le délire finit mon rire à peine éclos... —
Oh ! pourtant, j'étais née avec une belle âme !
— Le sort m'a faite vile, et je suis une infâme !
Ce corps, d'un saint amour idolâtré d'abord,
Il ne m'appartient plus, — il appartient à l'or !... —
— Étoile, astre d'argent, dont la pure lumière
Semblait à ma douleur le regard de ma mère...
Va-t'en, éloigne-toi dans l'infini des cieux,
Pour que tes blancs rayons ne frappent pas mes yeux...
Le Seigneur en courbant mon front sous l'anathème
A puni mon amour en défendant qu'on m'aime.
Mais, si de ma souffrance un Dieu bornait le cours,
Si de la rude épreuve où je traîne mes jours
Ma pauvre âme sortait, ange fuyant la terre,
Oh ! alors, je serais digne de vous, ma mère !... —
— Dieux ! des pensers de mort à l'âge où tout sourit...

PHILOGYNE, à part.

Sans doute un songe d'or voltige en son esprit...

ANDROPHILE, rêvant toujours.

Mon bonheur autrefois m'effrayait.—Sort étrange !

PHILOGYNE, de même.

De dire une fadeur la langue me démange.

ANDROPHILE, de même.

Le bonheur !... il m'attend, ô mon Dieu, près de vous !

PHILOGYNE, haut.

La belle nuit d'été !..—N'est-ce pas qu'il fait doux ?

ANDROPHILE, haut.

Qui me parle ?..—Ah ! c'est vous...

PHILOGYNE.

     A moins que d'aventure
Un autre ait pris ma place en prenant ma figure :
Ce qui me semblerait d'un procédé fort laid,
Attendu que la place est charmante — et me plaît,
— J'ai fait un joli somme, et vous ?..

ANDROPHILE.

     A la bonne heure.
Votre place en ce cas pourrait être meilleure.

PHILOGYNE.

Je ne vous comprends pas.

ANDROPHILE.

     Vous sommeillez encor...

Vous rêvez, cher Monsieur.

PHILOGYNE.

Que je rêve, d'accord :
Madame, auprès de vous il est permis d'y croire.
A moins d'être vous-même une forme illusoire,
Je crois ne pas dormir.

ANDROPHILE.

Je puis l'être.

PHILOGYNE.

D'en bas
Au moins je suis certain que vous ne venez pas...

ANDROPHILE.

Qui sait ?...

PHILOGYNE.

D'un feu si doux votre front étincelle,
Que la bonté de l'ange en vos yeux se révèle.

ANDROPHILE.

Sur quoi, diable ! ce soir avez-vous donc marché ?
Si le grand air vous gêne, il faut rester couché...
Et d'honneur, votre mal est de toute évidence.

PHILOGYNE.

Ah ! çà mais, je suis donc une vraie ambulance ?
C'est la deuxième fois que vous m'en faites part.
Avez-vous un remède à m'offrir, par hasard ?...
D'un mal que je n'ai pas, mais que votre œil devine,
Je serai curieux de savoir l'origine ;
Et plus sa raison d'être est douteuse à mes yeux,

Plus je vous bénirais comme un ange des cieux.
— Nous sommes arrivés, voulez-vous pas descendre?..
Par ici, n'est-ce pas?...

ANDROPHILE.

Non, j'aimerais mieux prendre
Cette allée; elle est sombre et me plaît. — Votre bras...

PHILOGYNE, après un silence.

Allons-nous sans parler encor loin de ce pas ?...

ANDROPHILE.

Je vous ai prévenu.

PHILOGYNE.

Vous êtes...

ANDROPHILE.

Quoi ?

PHILOGYNE.

Charmante.

ANDROPHILE.

Je ne vous réponds plus.

PHILOGYNE.

Ce mutisme m'enchante.
A mes amours, du moins, j'ai le temps de rêver.

ANDROPHILE.

A mon bras?...

PHILOGYNE.

Allons donc ! allez-vous pas trouver

Cette façon d'agir d'une insolence extrême ?...
M'aimerait-on un peu, jalouse ?...

ANDROPHILE, riant.

Je vous aime !...
Ah ! ah !... le mot est bon...— Je vous aime !..—Parfait !...
Répétez-moi cela... jalouse !...—C'en est fait...
Je vous aime, il est vrai...—Je n'osais vous le dire.
Il ne m'est plus permis de voiler mon sourire...
Eh bien, oui... je l'avoue...— Hélas ! pardonnez-moi...
—M'avez-vous pardonnée ?...

PHILOGYNE.

Il fait très beau, ma foi.
L'air s'est purifié sous l'ouragan de flamme,
Et le parfum des bois vient épanouir l'âme.

ANDROPHILE.

Moment délicieux pour deviser d'amour !

PHILOGYNE.

C'est ce que je faisais tout à l'heure.

ANDROPHILE.

A mon tour,
M'aimez-vous ?...

PHILOGYNE.

Certes oui.

ANDROPHILE.

Soyez franc.

PHILOGYNE.

Oh! Madame,
Quand mon cœur vibre encore aux accents de votre âme,
Me demander cela, c'est douter, et c'est mal.
Je crois à votre amour, et le traite en égal.
Vous ai-je demandé si vous étiez sincère ?
Bah ! faites comme moi...—Vous vous taisez, ma chère?
Bien ! j'aurai le loisir de rêver en repos.
A mon tour, n'allez pas m'interrompre.

ANDROPHILE.

A propos,
Une drôle d'idée a traversé ma tête.
Voulez-vous ?

PHILOGYNE.

Volontiers.

ANDROPHILE.

Vous êtes une bête.

PHILOGYNE.

Singulière façon, chère, de m'exprimer
Le sentiment si doux qui vous porte à m'aimer.

ANDROPHILE.

Dabord, je ne veux pas que vous me disiez chère.

PHILOGYNE.

Je pourrais me servir d'un terme plus vulgaire.

ANDROPHILE.

Je ne crois pas du moins vous en donner le droit !

PHILOGYNE.

Oh! pourquoi, s'il vous plaît, ce courroux... maladroit!
Voyons, faisons-la paix.

ANDROPHILE.

Vous êtes fort étrange.

PHILOGYNE.

Tout ce que vous voudrez, et vous êtes un ange,
Et je suis un méchant. — Allez-vous pour si peu
Faire tomber sur moi votre regard de feu!
Un baiser sur vos yeux, à vos lèvres ma grâce!

ANDROPHILE.

Vais-je avoir quelques fleurs?

PHILOGYNE.

Oui... que je vous embrasse
Avant!... — Et mon pardon?

ANDROPHILE.

Vous ne l'aurez pas.

PHILOGYNE.

Si!

ANDROPHILE.

Dieu! que vous êtes grand! Baissez-vous donc!
Elle l'embrasse.

PHILOGYNE.

Merci!
Allons cueillir des fleurs... vite. Vous êtes bonne!

ANDROPHILE.

Oui, pour faire un bouquet pour...

PHILOGYNE l'interrompant.

Non, une couronne
Pour vous !...

ANDROPHILE.

Vous êtes un enfant.

PHILOGYNE.

Je suis ravi,
Voilà tout. Le beau ciel ! le beau front ! Oh ! je vi
Maintenant. Laissez-moi respirer à mon aise...
L'étoile a des rayons, mais cet œil que je baise,
Cet œil sur qui je pose un poème d'amour,
Il est plus qu'une étoile...—il est pour moi le jour !
Je puis donc à présent vous dire tout, Madame...
Non, vous vous moqueriez après de moi...La femme
Est trompeuse. Mais vous, oh ! vous ne l'êtes pas !
Vous êtes bonne et douce. Oh ! dès longtemps, hélas !
Dès long-temps j'ai senti remuer tout mon être
A des pensers ardents en vous voyant paraître.
Et souvent, quand mon front accusait ma froideur,
Une lave de feu bouillonnait dans mon cœur...
Pourtant je comprimais cette lave inquiète,
Et dans mon sein brûlant j'enchaînais la tempête !
Vous révéler un mot de ce puissant émoi !
Jamais, car je doutais. Qu'aurais-je fait de moi
Si, venant d'entr'ouvrir ma pauvre âme amoureuse,
Vous m'eussiez répondu de façon dédaigneuse ?

Je vous aurais maudite, et me serais tué.

PHILOGYNE.

Je vois avec plaisir que c'est diminué,
N'est-ce pas ?

ANDROPHILE.

Jurez-moi que vous serez discrète.

ANDROPHILE.

Non, baissez votre front à hauteur de ma tête...
Votre lèvre à ma lèvre, et vos yeux à mes yeux !

PHILOGYNE.

Oh ! vous êtes un ange, et vous m'ouvrez les cieux !

ANDROPHILE.

Ce serment convient-il à votre âme jalouse ?

PHILOGYNE.

Oh ! laisse-moi t'aimer comme une chaste épouse !
Dieu ne mit si long-temps à confondre nos jours
Que pour mettre en nos cœurs d'éternelles amours !
Oh ! que je suis heureux de pouvoir tout vous dire !
Je me sens plus à l'aise à présent... je respire...
Mais vous ne dites rien. Un mot, un mot de vous,
Et je suis à vos pieds... je suis à tes genoux !...

ANDROPHILE.

Ami, regarde-moi, vois si cet œil de flamme
Peut te dissimuler les pensers de mon âme.
Mais tu n'y songes pas en m'offrant tout ton cœur.
Je ne puis t'accorder un durable bonheur,

Tu l'as toi-même dit : un amour m'a brisée.
Ne demande plus rien à ma sève épuisée.
Si je pouvais aimer quelqu'un, ce serait toi.
Je suis bien malheureuse... Ami, pardonne-moi !

PHILOGYNE.

Non, je veux t'adorer comme une sainte image !
Pauvre enfant, les malheurs ont brisé ton courage,
Et tu doutes de tout, même de moi !

ANDROPHILE.

Pardon.
Je vous crois franc et droit ; mais une guérison,
Je la crois impossible.

PHILOGYNE.
Et Dieu ?

ANDROPHILE.
Dieu m'abandonne !
Vous, je vous aime bien. Vous avez l'âme bonne.
Oh ! tenez... laissez-moi vous embrasser encor !...
Ne m'aime pas, ami. Vois-tu, c'est un grand tort
De se donner ainsi tout entier à la femme
Qui ne sent rien au cœur de sa première flamme.
Elle croit vous aimer... Eh bien ! c'est son esprit.
Ce que je te dis là, c'est toi qui me l'as dit.
Ton amitié pour moi, ton amour pour une autre.
Me l'accorderas-tu ?

PHILOGYNE.
Vous l'avez. Et la vôtre ?

ANDROPHILE.

Ne l''as-tu pas?

PHILOGYNE.

Merci.

ANDROPHILE.

De mes fleurs souviens-toi!

PHILOGYNE.

Je suis sûr d'en avoir toujours une pour moi.
Ecoute : pour avoir plus tôt fini ta gerbe,
Je connais un moyen admirable, superbe.
Chaque fleur à ta main est baiser sur les yeux :
Tu seras sûre ainsi d'un bouquet précieux.
Seulement le hasard dispensera les titres ,
Et les cieux étoilés nous serviront d'arbitres !

ANDROPHILE.

Très bien ! à l'œuvre donc ! Une, deux, trois...

PHILOGYNE.

D'honneur,

C'est un joli début.

ANDROPHILE.

Approchez , doux seigneur.
J'éprouve, à commencer, une joie indicible.
Elle l'embrasse.

PHILOGYNE , lui présentant des fleurs qu'il avait cachées.

Et de vous en priver il m'eût été pénible.

ANDROPHILE.

Quoi ! vous en avez cinq ?... *Tricheur !*

PHILOGYNE.

                    Non, j'aime mieux
Déshériter ma lèvre en faveur de mes yeux,
Voilà tout.

ANDROPHILE.

          Je veux bien vous pardonner encore,
Mais n'y revenez pas, ou sinon... — je t'abhorre.

PHILOGYNE.

D'allumer ce courroux je me garderai bien.

ANDROPHILE.

Etes-vous heureux ?

PHILOGYNE.

          Oui.

ANDROPHILE.

          Montrez. Vous n'avez rien...
A la main !

PHILOGYNE.

     Non, j'ai tout au cœur !

ANDROPHILE.

                    Venez, Messire ;
C'est encor moi.

PHILOGYNE.

     Fort bien. C'est charmant... Et j'admire
Comme toutes ces fleurs que mon œil cherche en vain
Viennent, quand vous passez, naître sous votre main.

ANDROPHILE, admirant ses fleurs.

Le beau bouquet !

PHILOGYNE.

Laissez-moi m'en charger, de grâce.

ANDROPHILE.

Du tout, il est bien là.

PHILOGYNE.

Sans doute.

ANDROPHILE.

Je suis lasse.

Gagnons notre voiture.—Allez-vous me laisser
Rêver en paix ?

PHILOGYNE.

Encor ?..—Mais de recommencer
Je n'ai, sur mon honneur, aucunement envie.

ANDROPHILE, assise dans la voiture.

Ah ! je me trouve bien !..

PHILOGYNE.

Oui, vous êtes jolie.

ANDROPHILE.

Je n'ai pas dit cela.

PHILOGYNE.

Que vos regards sont doux !..

ANDROPHILE.

Voyez les belles fleurs!...

PHILOGYNE.

Oui, moins belles que vous !

ANDROPHILE.

J'aimerais à vous voir me parler d'autre chose.

PHILOGYNE.

Je ne suis qu'un effet où vous êtes la cause,
Je ne suis qu'un rayon où vous êtes le jour,
Je ne suis qu'un soupir où vous êtes amour...

ANDROPHILE.

Avez-vous fini?

PHILOGYNE.

Non...

ANDROPHILE.

Laissez-moi!..

PHILOGYNE.

Qu'il vous plaise
De me tuer plutôt..... .   .   .   .   .   .
   .   .   .   .
   .   .   .   .

Ami, sois à ton aise :
Ces points ne disent rien, rien que de très moral,
Et je les ai mis là par goût original.

Si je me suis trompé, —chose peu vraisemblable,
Tu me pardonneras une erreur excusable,
Et, sans plus t'arrêter à ces futilités,
Tu reprendras le fil de mes banalités.
—Je pourrais maintenant, en façon d'épilogue,
Affliger ton esprit d'un double monologue,
Poser mon héroïne à minuit au balcon
Ecoutant vaguement quelque tendre chanson,
Puis, rentrant dans sa chambre et croyant voir dans l'ombr
Autour d'elle danser des visions sans nombre.
—Mais, ô mon brave ami, tu tombes de sommeil!
Mon soleil qui se couche a doré ton réveil,
Sois heureux !—Quant à moi, pauvre fou, que la vie
Ballotte à tous les vents, je te vois sans envie :
Indifférent à tout, rien ne sait me toucher,
Et la cité pour moi se réduit au clocher.
C'est là que je regarde... en ces moments étranges,
Où la pensée en deuil, primant toutes ces fanges,
Et jetant sur le monde un regard contempteur,
Vient raviver sa foi, — cette perle du cœur.

Juin-Août 1853.

2182 bis. — Paris, imp. Guiraudet et Jouaust, r. S.-Honoré, 338.

9 782014 038002